MÉDÉE KALI

suivi de

SODOME, MA DOUCE

ISBN 978-2-330-12034-4

LAURENT GAUDÉ

MÉDÉE KALI

SUIVI DE

SODOME, MA DOUCE

BABEL

MÉDÉE KALI

pour Philippe Calvario,
et son appétit joyeux de théâtre

MÉDÉE KALI
a été créée le 11 septembre 2003
au Théâtre du Rond-Point à Paris
dans une mise en scène de Philippe Calvario,
avec Myriam Boyer et Marcial Jacques.

Médée Kali est le résultat d'une commande
d'écriture
de "la Cie les mots-dits".

PERSONNAGE

Médée Kali
La voix des enfants

I

Les larmes de notre père, nous les avons senties longtemps, longtemps sur notre corps, couler. Les larmes de notre père tombaient sur nos joues, se mêlaient à nos cheveux, baignaient nos mains. Les larmes et les coups – car il frappait, te souviens-tu ? il frappait sur notre torse. Oui, il se roulait dans la poussière à nos côtés, il nous appelait par nos noms, s'arrachait les cheveux, gémissait comme un mourant. Les larmes de notre père et ses cris, longtemps, nous ont bercés, longtemps, puis ce fut le silence – d'un coup le silence, comme s'il était resté sans voix. Les larmes de notre père, depuis ce jour, nous ont manqué.

MÉDÉE KALI.
Regarde,
N'aie pas peur,
Regarde,
Ils sont tous là.
Viens,
Approche.
Regarde
Les hommes,

Là,
Comme une armée silencieuse.
Tu vois,
Tu n'y croyais pas.
Ils sont là.
Regarde,
Pétrifiés, devant nous.
C'est moi qui ai fait cela.
Approche,
Viens,
Approche,
Regarde bien,
Tu croyais à des statues immobiles,
Des hommes figés dans la pierre
Et pourtant examine bien leurs traits lorsque j'approche mon visage du leur.
Tu as vu ?
Là.
Regarde.
Un frisson parcourt la pierre.
Ils me sentent.
La terreur monte en eux.
Oui, c'est moi.
Je reviens.
Ils sentent mon souffle.
Ils entendent ma voix.
De lents spasmes de granit leur déforment les traits.
Tu trembles à ton tour.
Tu te demandes quel monstre je suis
Pour faire gémir les morts

Et pleurer les statues.
Je suis la Méduse,
Gorgo, Gorgo, la Méduse.
Je fais le chemin à rebours.
Je reviens au lieu que j'ai quitté dans le sang.
Je reviens au tombeau de mes enfants.
Et ceux-là,
Tous ceux-là,
Regarde-les bien,
C'est la foule des Corinthiens
Qui se sont pressés autour de moi,
Qui voulaient s'emparer de moi,
Me maîtriser,
Me lapider peut-être.
C'est la foule de ceux qui voulaient me cracher dessus
Mais qui se sont figés dès qu'ils ont croisé mon regard.
C'est la foule de ceux qui sont restés saisis dans l'effroi pour l'éternité.
Ils sont là.
Ils sont tous là.
Je les reconnais.
Ils se demandent ce que je viens chercher.
Ils reconnaissent mon parfum et cela fait naître en eux une terreur incontrôlable.
Ils voudraient fuir,
Oui, fuir à toutes jambes
Mais ils sont rivés au sol et ne peuvent pas.
Regarde bien.
Regarde leurs yeux de granit.

Chez certains d'entre eux naît un espoir ténu.
Ils se demandent si je ne suis pas venue leur rendre vie,
Les soulager de ce châtiment d'immobilité.
Je reviens peut-être les délivrer.
Leurs corps statufiés vont peut-être pouvoir bientôt s'étirer comme des masses endormies.
Je sens cet espoir qui émane de la pierre.
Mes hommes.
Mes statues.
Non.
Je ne suis pas venue les réchauffer.
S'ils étaient vivants, je les tuerais à nouveau.
Je les observe.
Je prends tout mon temps.
Je m'arrête parfois.
Je leur souffle au visage.
Je caresse leur front de la main.
Mais je les laisse tels quels.
Je suis ma route.
Il faut aller plus loin,
Dépasser les statues
Et revenir à l'endroit où le sang a coulé.
Je vois la colline,
Là-bas,
Où l'herbe n'a plus jamais repoussé.
C'est là que je retourne.
Je ne veux rien leur abandonner,
Rien leur laisser qui soit à moi.
Ma rage n'est pas encore étanchée.

La terre va crier
Et son cri te rendra fou.

Mais tu me suis toujours.
Tu es têtu.
C'est bien.
Partout il n'y a que silence.
Les animaux me fuient,
Le vent tombe pour ne pas souffler dans mes cheveux.
L'eau se fige dans les ruisseaux.
Toi seul, tu vis,
Dans mon dos,
Sur mes pas.
Je sens cette chaleur d'homme derrière moi.
Tu me suis.
Depuis plusieurs jours, tu me suis,
Au pas lent de ton cheval,
Sans jamais t'approcher.
Ni te laisser trop distancer.
C'est bien.
Tu es intelligent.
C'est bien.
Tu sais qui je suis.
Tu as décidé de suivre Médée.
Il faut du courage et tu en as.
Eh bien regarde :
Ces silhouettes voûtées sur le bord du chemin,
C'est moi qui ai figé leur sang,
C'est moi qui ai interrompu leur marche et le cours de leur vie,

D'un seul regard.
Oui, cette route est la mienne.
Viens, suis-moi, je t'emmène, qui que tu sois, je t'emmène au tombeau, si tu ne trembles pas.

II

Le silence nous a enveloppés, toi et moi, l'un contre l'autre. Les rumeurs étaient lointaines. Les pleurs, les chants et la musique se sont éloignés. Il ne resta plus que la terre froide. L'attente a commencé, pour toi et moi, l'un contre l'autre. L'attente, avec comme seule force, la certitude de savoir que même ainsi, dans le silence et l'oubli, même ainsi, nous étions frères.

MÉDÉE KALI.
Tu me suis toujours.
Tu veux savoir qui je suis.
Tu veux savoir d'où vient cet effroi que j'ai au fond des yeux et qui contamine, d'un seul regard, ceux que je croise.
Regarde.
Nous sommes arrivés.
Je t'ai amené jusqu'à lui :
Jason,
Le premier homme que j'ai aimé,
Le premier homme aussi que mon regard a pétrifié.
Tu ne l'imaginais pas ainsi.
Il est là.
Il n'a pas bougé.

Un petit homme desséché.
Il n'est pas mort – ne crois pas qu'il soit mort – il est juste épuisé et inerte.
Il est resté là,
Les yeux vides,
Le corps amaigri,
Incapable de bouger.
Il ne s'est pas nourri depuis des années,
Il n'a pas parlé ni pleuré.
Le sang ne coule plus dans son corps,
Il est sec et épuisé.
Je ne veux pas de sa mort,
Je veux qu'il dure,
Inutile et seul,
Contemplant à l'infini le tombeau de ses enfants.
Je te montre Jason là même où je l'ai laissé.
Observe-le,
Il fut le premier,
Le premier à plonger dans mes yeux.
Jason que j'ai aimé mais qui n'a jamais su qui j'étais.
Il n'a jamais demandé.
Il lui a suffi de savoir que je m'appelais Médée.
Il lui a suffi de sentir que je lui appartenais.
Il n'a jamais su que je venais de plus loin que les plaines de Colchide,
De plus loin encore que les hautes montagnes enneigées des frontières perses,
De plus loin.
Il n'a jamais demandé.

Je suis née sur les bords du Gange,
Au milieu d'une foule épaisse qui sentait la lèpre et la sueur.
Un peuple qui baignait sa nudité dans les eaux sales du fleuve.
Une foule de pauvres et d'estropiés qui disputait aux vaches, aux porcs et aux oiseaux, des pousses d'herbe à mâcher.
Je n'ai pas eu de parents,
C'est cette foule entière qui m'a accouchée.
Je me souviens de mains qui m'ont nourrie.
Mille lèvres ont embrassé mon front à ma naissance,
Me transmettant les maladies de mon peuple,
Me murmurant le nom sacré de nos divinités.
Je revois les sourires édentés,
Les yeux cernés,
La maigreur des corps que j'ai tétés.
Je me souviens,
Je n'ai pas eu de parents,
J'ai été jetée au monde,
Au milieu de cette foule d'affamés.
Nous n'avions rien que la fièvre,
Nous ne mangions rien que les déjections des animaux qui nous accompagnaient.
Les hommes des villes n'osaient pas nous toucher.
Ils détournaient les yeux à notre passage.
On disait que la maladie qui rongeait notre peau s'attrapait par le regard,
Et nous mourions là, depuis des siècles toujours renouvelés,

A quelques mètres de l'endroit où nous étions nés,
Dans cette odeur étouffante de sueur humaine.
Nos corps alors flottaient sur le Gange puis disparaissaient dans les nœuds du fleuve.
Je suis née sans pitié
Et mon corps, à son tour, aurait dû couler doucement dans les eaux du Gange,
Mais j'étais belle.
J'étais belle et je savais danser.

Danser.
Personne ne m'a appris.
J'ai observé les serpents qui ondulaient entre les jambes de nos mendiants.
Personne ne m'a appris.
J'ai observé les singes qui s'enroulaient dans nos nuits.
Je dansais,
Sans savoir,
Je dansais.
Et les hommes se pressaient autour de moi.
Une foule compacte aux yeux écarquillés.
Je ne voyais plus rien.
Mon corps se coulait dans la musique.
Je tenais les hommes.
Je les sentais fascinés.
Les dessins que mes chevilles et mes poignets faisaient dans les airs les laissaient bouche bée.
J'étais belle.
J'aurais pu n'être que ceci :
Une mendiante qui danse,

Une pestiférée plus jolie que les autres.
Mais la danse m'a sauvée.
La rumeur était née qu'une fille du Gange faisait pleurer les chiens des bas quartiers lorsqu'elle dansait.
Les hommes du temple sacré vinrent me chercher, malgré la puanteur du quartier.
Ils m'enlevèrent aux miens
Et m'emmenèrent au temple.
Je me souviens.
C'était un immense édifice
Où seules les nappes lourdes d'encens couraient dans les grandes salles endormies.
Le temple sacré où les brahmanes s'accouplaient, dans de longues nuits d'indolence, avec des prostituées aux corps couverts d'onguents.
Ils m'ont emmenée au temple, ils se sont pressés autour de moi et ils ont attendu que je danse
Mais je n'ai pas dansé.
Je voulais faire plus.
Lorsque la nuit est tombée, j'ai invoqué les forces sourdes de mon peuple de pestiférés,
J'ai laissé le feu des morts monter dans mes yeux
Et j'ai fait ce que personne ne fit jamais.
La pluie s'est mise à tomber,
Une pluie torrentielle qui coulait le long des façades et inondait les escaliers.
Les hommes ont cru que j'avais la mousson au bout des doigts.
Je souriais.
Ce n'était pas cela.

La pluie n'était rien.
J'avais bien plus.
Lentement, les statues du temple se sont mises à bouger.
La pluie ruisselait sur ces corps de pierre et semblait les inonder de vie.
Les statues, sous les yeux médusés des brahmanes, ont pris vie.
Ces femmes aux seins lourds,
Chargées de bijoux,
Ces femmes sculptées par nos ancêtres lointains, sont descendues de la pierre,
Entraînant avec elles leurs cavaliers,
Des princes majestueusement dévêtus,
Au torse lisse et au front couronné.
La pluie tombait toujours,
Maculant les vivants de boue
Et nettoyant les statues de la poussière des siècles.
Elle tombait
Et j'ai offert aux hommes une nuit d'étreintes sacrées.
Les statues se sont offertes aux brahmanes,
Les enlaçant de leurs jambes,
Les caressant de leur langue.
Partout des couples s'unissaient dans le déluge de la nuit.
Le temple était plein de râles.
La sueur des corps sur la douceur des pierres.
La semence des hommes coulait le long des murs,
Le long des jambes,
De bouche en bouche.

On ne savait plus distinguer la pierre de la chair.
Je n'ai pas dansé cette nuit-là, non, j'ai fait mieux, j'ai offert au temple une nuit douce d'orgie mouillée.
Je me suis mêlée à mon tour à cette foule inondée de pluie, de sueur et de foutre,
Oubliant mon nom,
Oubliant le Gange,
Je m'offrais simplement à des mains,
Je parcourais des doigts des sexes, des seins, des bouches humides.
Je me laissais pénétrer par des hommes qui n'étaient plus que râle et hébétude.
Les femmes de pierre m'entouraient.
Je sentais le doux poids de leur poitrine qui me caressait.
J'étais à tous
Et j'aurais pu mourir de volupté cette nuit-là,
Allongée dans la boue,
Le corps ouvert par tous les orifices,
Gisant dans la semence et le ravissement.

J'ai pensé qu'on me lapiderait après ce que j'avais fait,
Que les hommes me traiteraient de dépravée et de sorcière,
Mais je m'en moquais.
J'étais bien et j'attendais, souriante, le petit matin.
Je pensais qu'on me lapiderait, oui,
Mais on me vénéra.
Les statues avaient retrouvé leur fixité de pierre,

Les fresques du temple étaient à nouveau immobiles pour l'éternité,
Les brahmanes se réveillaient hagards et illuminés.
J'avais un nouveau nom,
Que tous, un à un, répétaient.
Médée Kali
Médée Kali.
J'étais libre.
Je n'avais pas dansé
Mais j'étais libre.
Je suis partie.
Médée Kali.
J'ai quitté le Gange et son odeur sauvage,
J'ai quitté le temple et mes souvenirs d'orgies,
Je suis partie, vers les collines perses,
Vers la Grèce maudite.
Je suis partie,
Médée Kali,
Médée Kali.
Et j'ai trouvé Jason.
Il n'a rien demandé.
Je l'ai vu,
Là,
Jason.
Je l'ai vu et plus rien n'existait.
Je suis née sous ses yeux.

III

Elle approche, nous sentons une douce chaleur nous réveiller. Notre mère approche, elle se penchera bientôt sur nos corps, sur chacun de nos deux corps. Avec ses mains de mère, elle nous caressera. Avec ses lèvres de mère, elle nous couvrira de baisers. Elle approche et quelqu'un, enfin, nous sortira du froid. Elle approche – tu le sens comme moi –, nos corps se mettent à gémir. Avec ses ongles de mère, elle nous griffera à nouveau. Avec ses dents de mère, elle nous saignera à nouveau.

MÉDÉE KALI.
Mes enfants,
Mes enfants,
Je suis là, à vos pieds.
Ils vous ont enterrés comme des Grecs.
De lourdes dalles de marbre reposent sur vos corps.
Vos ossements ont été entourés de linges et de poteries sacrées.
Ils vous ont enterrés comme des Grecs,
Pour me faire offense.

Je vais laver cet affront.
Ma rage ne connaîtra pas de fatigue.

Mes enfants, je suis là, à nouveau.
La dernière fois, je vous tenais dans mes bras.
La dernière fois, je vous couvrais de baisers
Et mon étreinte suffisait à peine à étouffer vos cris.
La dernière fois…
Je suis dans la maison.
Je vous attends.
Je me suis préparée.
Vous rentrez, essoufflés,
Vous avez couru dans les collines de l'été,
La sueur mouille vos cheveux.
Vous demandez à boire.
Je vous verse moi-même de l'eau et vous souriez.
Vous vous blottissez contre moi, vous ne voyez pas, dans mes yeux, la détermination du couteau.
Vous vous blottissez comme des chiots sur les flancs de la chienne,
Demandant des baisers,
Cherchant la chaleur de ma bouche.
Je ne tremble pas.
Mes enfants,
Vous jouez avec mes cheveux.
Vous vous chamaillez sur mon sein.
Je vous regarde comme une mère regarde ses enfants.
Je vous souris.
Je cherche de la main le couteau que j'ai aiguisé le matin.

Je vous prends alors dans mes bras,
Fort,
Comme nous le faisions parfois pour jouer.
Je serre
Et vous riez de cette étreinte, vous riez d'asphyxie.
Je serre encore.
Je glisse doucement le couteau sur la gorge du premier,
Et le sang coule, noir et épais, le long de ma main.
Le sang coule.
L'un de vous rit encore, je crois, à moins que ce ne soit moi.
Je vous tiens serrés.
Vous ne comprenez pas encore mais la peur vous saisit.
Vous voulez partir,
Vous voulez courir,
Je vous tiens contre moi.
Le deuxième d'entre vous, je lui sectionne le jarret,
Vos sangs se mêlent sur moi.
Il faut de la force pour vous empêcher de bouger.
Il faut de la force
Et j'en ai.
Vous êtes pâles maintenant,
Vous vous débattez moins vigoureusement.
Je sens les corps qui s'abandonnent,
Qui deviennent plus lourds au fond des bras.
J'ai les mains rouges
Et je vous embrasse doucement.
Je fais glisser mes lèvres sur vos plaies,
Le sang est tiède et me coule entre les dents.
Je ne veux pas que vous ayez mal.

Vous sentez la langue de votre mère qui vous lèche la vie.
Je suis une chienne.
Vous ne bougez plus.
Mon visage est couvert de sang.
Je vous bois, je vous enlace, je vous lèche doucement.
Je ne tremble pas,
Je vous aime,
Mes enfants,
Je vous aime et vous tiens fermement.
Vous êtes lourds maintenant et inertes.
Le sang continue à couler.
Il y a tant de sang en vous.
Mes enfants,
Vous n'êtes plus,
Mes enfants.

Ils vous ont enterrés comme des Grecs,
Avec la vanité du marbre.
C'est pour cela que je reviens.
Je veux vous extraire de la terre froide de votre père
Et vous confier aux flammes du bûcher.
Votre mère est là,
La chienne,
L'étrangère.
Je vous aime.
Tout doit disparaître.
Les ossements, les stèles,
Tout doit disparaître.
Je veux que Jason pleure sur un tombeau vide.

Mes enfants,
Je suis enragée.
Le châtiment n'est pas encore complet.
Je ne vous laisserai pas dans cette terre.
Je ne vous laisserai pas si près de votre père.

IV

Elle va, elle vient. Le sol résonne de son pas. Elle gratte le marbre de ses ongles. La terre est moins lourde sur nos corps depuis qu'elle est là. Notre mère est revenue. Elle prend la terre à pleines mains. Elle est là et nous tend les bras. Tu frissonnes comme moi, tes mâchoires claquent, comme les miennes, tu voudrais, comme moi, creuser plus profond pour que notre mère ne nous attrape pas.

MÉDÉE KALI.
J'ai fait un bûcher.
Je disposerai vos corps à son sommet.
Il se consumera doucement, emmenant dans sa fumée le souvenir de vos vies.
Médée va brûler la Grèce et ses enfants.
Médée va brûler Jason et sa trahison.
Je ne laisse rien derrière moi,
Ni tombeau ni larme.
Médée brûle la mère.
Médée brûle l'amante et son amant.
Je mets le feu à ce que fut ma vie.
Les premières bûches crépitent.

Le feu a pris, les flammes grandissent.
Elles lèchent le bûcher comme j'ai léché moi-même vos corps du temps où j'étais louve.
La chaleur du bûcher réchauffe ma peau.
La sueur coule le long de mes tempes et il me vient l'envie de danser,
Comme j'ai dansé – plusieurs semaines durant – après vous avoir tués.

Ce jour-là, je me souviens, j'ai lâché le couteau,
J'ai laissé glisser vos corps à mes pieds
Et je vous ai abandonnés derrière moi, sans même vous recouvrir d'un drap.
Jason accourait,
Nos regards se sont croisés,
Il m'a vue,
La main serrée sur le couteau,
Il m'a vue,
Un sourire aux lèvres
Et il n'a plus bougé.
Il s'est arrêté de vivre,
Les yeux écarquillés sur le sang qui coulait, goutte à goutte, de mes mains.

Je vous ai laissés derrière moi.
Je ne me suis pas lavée.
J'ai gardé votre sang sur mes joues
Et j'ai plongé dans une grande nuit d'orgie.
J'ai quitté le pays et j'ai erré de villes en campements, de faubourgs en hameaux.

Je ne fuyais pas.
Je cherchais quelque chose qui puisse satisfaire mon nouvel appétit.
J'allais où les hommes se réunissaient.
Je les appelais à moi.
Je dansais avec eux.
Lorsque je danse, je suis belle.
Personne ne peut croiser mon regard.
Personne n'est glacé de l'effroi profond de mes prunelles.
Lorsque je danse, je suis belle.
Les hommes m'ont voulue,
Je me suis offerte.
Je me suis offerte à des foules ébahies par ma sauvagerie.
Je tirais à moi les plus jeunes,
Des garçons de quinze ans dont je suçais le désir naissant,
Des garçons de quinze ans que je griffais et maltraitais en riant.
Et plus je devenais sauvage, plus les hommes s'attroupaient.
Alors j'ai castré les plus vaniteux,
Mordant dans leur sexe surpris.
Et le sang coulait à nouveau,
Dans les rires et les cris mélangés.
Je crachais le bout ensanglanté
Et cherchais un nouvel homme à goûter.
Il s'en trouvait toujours.
Ils étaient pris de folie

Et chacun voulait tenter sa chance.
Qui connaîtrait la plaie et qui la jouissance ?
Des nuits entières, j'ai ensanglanté la terre de sexes mutilés.
Des nuits entières, les hommes m'ont couvert le visage de leur foutre victorieux.
J'ai dansé
Et les hommes m'ont contemplée sans bouger.
Personne n'a jamais pensé me tuer.
J'étais à leur merci, mais je régnais sur eux par ma langue savoureuse,
Par mes poignets déliés,
Et par mes hanches saccadées.
Et même les hommes que j'avais châtrés
Et qui pleuraient sur leur virilité,
Même ceux-là,
Lorsque je dansais, cessaient de crier et se mettaient à pleurer de plaisir.
J'étais belle
Tout le monde savait que j'étais Médée.
J'étais belle et les hautes flammes du bûcher elles-mêmes me léchaient les pieds.

V

Rien ne vient à bout de notre mère, ni la terre lourde sur nos tombes, ni le marbre qui nous protégeait. Rien ne vient à bout de sa ténacité. Ses mains nous ont retrouvés. Elle nous enlace, nous peigne, embrasse nos fronts et nous dispose doucement, l'un à côté de l'autre, les mains sur la poitrine, les yeux fermés. Elle souffle sur les flammes qui nous réchauffent d'abord et nous font sourire, qui croissent ensuite et nous font mal, jusqu'à nous brûler la peau, jusqu'à nous faire cloquer le visage. Il ne restera rien. Il ne restera rien de ton sourire ni du mien, qu'un peu de cendres, mon frère.

MÉDÉE KALI.
Nos enfants brûlent, Jason,
Je t'ai aimé.
Nos enfants brûlent,
Tu frémis dans ton immobilité.
Nous n'aurons bientôt rien été l'un pour l'autre.
De mes hanches ne sera sorti aucun nourrisson.
Ta main belle et large ne se sera posée sur la tête d'aucun fils.

Notre amour brûle, Jason,
Dans une odeur écœurante de chair et de fumée.
Je te regarde une dernière fois avant de t'oublier.

Je t'ai aimé, Jason.
Je me souviens encore de ce jour où tu vins à moi.
L'air autour de moi s'est mis à manquer.
J'ai agrippé ma robe pour ne pas vaciller.
Je t'ai regardé et j'ai vu une vie immense qui s'étalait devant moi comme la mer Egée, une vie possible de bonheur.
Tes lèvres fines,
Ton regard insolent,
Tu étais devant moi
Et j'aurais voulu mordre dans ta beauté.
J'ai été à toi à cet instant.
Tu l'as vu.
Je me suis agenouillée devant toi.
J'ai baisé tes pieds salis par la marche.
J'ai baisé tes mains souillées par les combats.
Tu n'as rien eu à demander.
J'étais ce que tu voulais :
Une mère pour tes enfants,
Une chienne fidèle pour tes vieux jours.
J'étais ce que tu voulais :
L'amante,
Ou le poignard.
J'acceptais tout.
Je t'ai regardé et j'ai enlacé ton corps dans mes pensées.
La petite fille du Gange avait trouvé son étranger.

Je voulais danser pour toi avec la beauté de l'épouse.
Je voulais veiller sur toi avec la voracité de la hyène.
Je t'ai regardé et je me suis allongée dans ta couche en pensée,
Sans pudeur,
Heureuse, simplement, de t'appartenir.
Je pouvais tout endurer, Jason,
Tant que tes yeux m'offraient l'hospitalité calme de la mer Egée.
Je ne demandais que le bonheur paisible de mourir à tes côtés.
Je succombe à la beauté des hommes.
C'est mon vertige.
Tu étais beau, Jason.
J'ai abdiqué à l'instant même, sans regret,
Avec volupté.
La beauté des hommes, toujours, me fait vaciller.

Tu n'as pas osé, tu n'as pas osé être à Médée.
Nos enfants brûlent et se sont maintenant entièrement consumés.
Il ne restera plus rien de notre amour que deux tombeaux profanés et l'odeur persistante du bûcher.
Je te contemple une dernière fois.
Tu ne sentiras plus le regard de Médée sur toi.
La vie désormais te semblera infiniment froide et infiniment longue.
Je ne sais plus ce que tu fus pour moi.
Je tourne les talons.
Je te laisse, à jamais, Jason, effacé, derrière moi.

VI

Sur nos cendres, elle parle, la mère, sur nos cendres, elle parle encore. Et ce n'est pas à nous. Tu tends l'oreille, comme moi. Tu as espéré, comme moi, des murmures doux et maternels, qui accompagneraient notre disparition. Mais la mère ne prie pas, elle ne recommande pas nos âmes au vent. Sur nos cendres, elle parle et ce n'est pas la voix de notre mère qui résonne, tu l'entends comme moi, c'est la voix d'une chienne.

MÉDÉE KALI.
Tu es encore là.
Tu as tout vu.
Tu es resté immobile et patient.
Je sais ce que tu désires.
Tu attends l'heure du combat.
Tu te prépares, avec obstination.
Tu n'as pas cessé de m'observer, de loin.
Tu m'as vue fracasser le marbre des tombeaux.
Tu m'as vue gratter la terre de mes doigts.
Tu m'as vue extraire un à un le corps de mes enfants,
Leur baiser le front et les jeter sur le bûcher.

Tu as contemplé, comme moi, les flammes qui montaient.
Tu t'es mis la main devant le visage pour ne pas sentir cette horrible odeur de mort chaude.
Tu as failli chanceler.
Tu as vomi d'horreur devant le monstre que je suis, mais tu n'es pas parti.
Tu as tenu.
Et tu attends, maintenant, le moment de l'affrontement.
Tu ne te sens pas encore tout à fait prêt.
Médée te fait peur.
Tu hésites.
Je pourrais me ruer sur toi.
Tu le sais comme moi, tu n'es pas de taille.
Mais je vais attendre.
Je te veux près de moi,
Dans mon dos,
Dans mes nuits.
Je te veux attentif et fatal.
Je veux sentir croître ta force et ta détermination.
Je veux sentir ta menace m'envelopper.
Je t'emmène, partout où je vais.
Viens,
Suis-moi,
Je quitte la Grèce.
Je t'emmène, de collines en collines.
Auras-tu le courage de laisser derrière toi cette terre qui t'a vu naître ?
Car tu es grec, n'est-ce pas ?

Je le sens.
Tu es grec et je vais t'emmener dans des pays qui t'effraieront.
Tu seras comme un enfant, perdu d'épouvante.
La seule chose qui te réchauffera,
La seule chose sur laquelle tu pourras compter,
Ce sera moi,
Médée.
Il naîtra en toi le désir de te rapprocher.
Tu auras peur de perdre ton guide
Et de rester
Seul,
Dans ces mondes inconnus.
Je vais te perdre pour que tu aies besoin de moi.
Tu voudras venir te réchauffer à mon feu
Et partager ma couche.
Je ferai de toi un homme.
Médée sait faire cela.
Si tu l'oses.
Je pars.
Je t'emmène pas à pas.
Viens.
Ne faiblis pas.
Suis-moi, comme une hyène patiente suit sa proie.
Je veux sentir le silence plein d'un homme dans mon dos.

VII

MÉDÉE KALI.
Nous ne sommes plus que deux, toi et moi.
Nous avons parcouru des terres immenses.
Tu n'as pas même levé la tête pour contempler le monde autour de toi.
Tu n'as pas même prié une fois pour qu'il te soit donné de revoir ta terre natale.
Tu es resté derrière moi,
Tout entier dans mes pas.
J'aime cela.
Je te sens.
Tu as grandi.
Tu es terrifiant maintenant.
Tu as fait taire tes peurs.
Tu m'as contemplée dans toute mon horreur.
J'aime cela.
Je ne te vois pas,
Mais je sais maintenant que tu es beau,
D'une beauté qui me brûle le dos.
Je voudrais me retourner
Pour voir enfin ton visage,

Mais je vais attendre.
Si je le faisais maintenant, nos regards se croiseraient et tu n'aurais aucune chance,
Je te pétrifierais.
Je vais attendre
Que tu deviennes plus fort que moi.
Le moment est proche, je le sens.
Lorsque enfin je pourrai m'approcher de toi
Et te dévorer des yeux,
Lorsque enfin je verrai ta beauté silencieuse,
Ce sera à ton tour de me tenir dans le creux de ta main.
Voudras-tu de Médée ?
J'attends.
Je me réjouis de ce jour.
Tout va recommencer.
J'ai trouvé.
Tu es beau, tu es calme, tu es obstiné.
J'ai trouvé.

Mère, où vas-tu, mère, dans la fumée du bûcher, c'est encore ton parfum entêtant qui nous enveloppe, ton parfum de mère, où vas-tu, mère ?

Mes enfants ?
Il me semble entendre derrière moi
Mes enfants ?

Mère, où vas-tu, mère, sans nous, qu'espères-tu, sans nous ?

Je n'ai pas mis encore assez de distance entre eux et moi.

Regarde-nous, mère, tourne la tête, nous te suivons, nous sommes là, mère, nous sommes là, sur tes pas.

Mes enfants,
Non.
Mes enfants,
Là,
Se présentant à mes yeux.
Je vous vois.
Les flammes vous ont léché le corps.
Les flammes ont noirci vos peaux et rongé vos os,
Mais vous êtes là,
Revenus du bûcher.
Vous m'avez suivie jusqu'ici.
Mes enfants,
Mes fantômes.
Je vous vois.
Mes enfants.
Vous avez même, comment est-ce possible, vous avez même grandi ?
Oui, vos corps ont forci,
Vos traits se sont affirmés.
Mes enfants,
Quel âge avez-vous ?
Tout se brouille.
Venez,
N'ayez crainte,

Approchez-vous de moi.
Que veux-tu, toi ?
Tu avances, maintenant ?
C'est le moment que tu choisis pour marcher sur moi ?
Restez là, mes enfants.
Pressez-vous contre moi.
Ne fais plus un pas.
Tu avances trop tôt, crois-moi.
Ne présage pas de tes forces :
Je te saccage si tu ne t'arrêtes pas.
N'ayez crainte, mes enfants.
Je suis une louve
Et il ne peut rien contre ma rage.
Je défends ma portée,
Bec et ongles.
C'est le moment que tu choisis.
Oui.
Je comprends.
Les enfants à nouveau,
Et Médée qui faiblit.
C'est ce que tu te dis.
Il n'y aura pas d'amant.
Je me suis trompée.
Tu n'es pas là pour cela.
Je comprends.
La patience du guerrier.
Tu as raison.
Il n'y a que l'affrontement.
Mais c'est trop tôt, crois-moi.
Tu n'as aucune chance.

Tu me crois faible, parce que mes enfants s'agrippent à mes jambes,
Mais je suis enragée.
Sois patient.
Remonte sur ta selle.
Calme la lame de ton poignard.
Venez, mes enfants.
Ne restez pas ainsi, dans mon dos.
Venez, je vous veux à mes côtés,
Sentir votre souffle sur mon épaule.
Nous sommes ensemble.
Je croyais vous avoir perdus.
Nous sommes ensemble.
Tu remontes sur ta selle.
Tu es sage,
Je t'aurais dépecé.
Recule encore et attends que Médée n'ait plus ses enfants pour approcher.
Je vous emmène partout avec moi.
Venez.
Médée Kali avance,
Accompagnée de ses fils morts,
Laissez-la passer.
Médée Kali tient bien serrées contre elle les ombres de ses enfants brûlés.
Laissez passer Médée Kali,
Le monstre aux lèvres de sang et aux mains brûlées,
Médée Kali accompagnée de la dépouille de ses fils.
Laissez passer
Médée Kali.

Venez,
Suivez-moi, mes enfants,
Ne pleurez pas.
Je vous emmène aux confins du monde.

VIII

Nous avons encore grandi, sur les bords de la route, nous avons grandi, sans cesse. Nos cheveux de mort ont poussé, nos mains se sont élargies, nous sommes devenus aussi grands que toi. Les entailles à nos gorges, les entailles que tu nous as faites, ont grandi elles aussi. Nous te suivons. Les hommes, sur notre passage, parlent de la Gorgone à trois têtes. Nous avons grandi, nous sommes des hommes presque maintenant, de jeunes hommes morts qui escortent leur mère. Et partout, sur le chemin, partout, à notre passage, la stupeur et l'effroi.

MÉDÉE KALI.
La route s'achève.
Nous avons traversé la terre.
Regarde.
Voilà le pays d'où je viens :
Les bords fangeux du Gange.
Regarde.
Je suis chez moi.
A mes pieds grouille la foule indistincte des hommes,

Comme un peuple de singes emmêlés.
La Grèce est loin.
Tu m'as suivie patiemment.
Tu me connais maintenant.
Par toutes ces nuits où nous avons partagé la fraîcheur des étoiles,
Par tous ces nuages de poussière que nous avons laissés derrière nous,
Je suis tienne.
Tu t'approches.
Tu as abandonné ton cheval, à moins qu'il ne soit mort d'épuisement.
Tu t'approches.
Je ne veux pas me retourner.
Pas encore.
Je sens ta beauté.
Tu es tout près de moi,
Si près que ton nom, enfin, me parvient.
Je le sens m'envahir.
Il résonne en moi.
Persée, Persée,
Persée, le tueur,
Persée qui soutiendra le regard de la mère aux mains de sang.
C'est bien cela.
Tu es Persée.
Médée se met à genoux devant toi.
Je suis arrivée sur mes terres,
Mon pays d'autrefois.
Je suis arrivée.

Il ne me reste plus qu'à confier mes enfants aux lents tourbillons du fleuve.
Laisse-moi ce temps-là.
Tu me suis en silence,
Comme le bourreau suit le condamné, sûr de sa main et de l'heure de la mort.
Tu me suis.
Tu ne dis rien.
Tu acceptes ?
Je sens ta noblesse.
Tu acceptes.
Je ne me déroberai pas.
Médée Kali va t'éblouir.

Regarde,
Je suis chez moi.
Je descends dans les faubourgs d'où je viens.
Rien n'a changé.
Même entassement de nourrissons et de moribonds.
Regarde,
Même fièvre moite sur les corps endormis.
Je descends dans la foule de ma naissance
Au milieu de ceux qui me ressemblent,
Les estropiés, les pestiférés, les vieillards aux yeux révulsés.
Tu as vu,
Sur les routes de Grèce, les hommes étaient médusés par mon regard,
Ici, ils se prosternent à mon arrivée.
Regarde,

On me vénère.
Je suis la déesse Kali
Aux yeux sanglants
Qui danse comme le serpent
Et touche la lune du bout des doigts.
Je suis chez moi.
Mes fils m'accompagnent.
Nous fendons la foule jusqu'aux berges du fleuve
Et nous nous enfonçons lentement, sans hésiter.
L'eau plaque le tissu de ma robe sur mes jambes.
Nous avançons encore dans l'eau sale.
Nous avançons jusqu'à la taille, puis, plus loin encore, jusqu'au cou.
Le courant se fait plus fort.
La foule se presse sur les berges pour voir l'étreinte de Médée Kali et du Gange.
Mes enfants sont avec moi.
Ils me suivent.
Nous nous enfonçons
Jusqu'à ce que mes fils n'aient plus pied.
Le fleuve, alors, les emporte,
Mes deux fils égorgés,
Mes deux cadavres d'amour.
Ils disparaissent.
Je les confie aux fonds limoneux du Gange.
Il n'y aura plus de tourment.
Je leur offre l'apaisement et l'oubli
A jamais.
J'hésite à remonter sur la berge.
Un temps.

J'entrevois la possibilité de les suivre.
Mais tu es là.
Je te vois.
Tu attends.
Depuis si longtemps, tu attends.
J'essuie mes larmes de la main,
Je remonte,
Je suis prête.

IX

L'eau coule autour de nous. L'eau dans les cheveux, la bouche, l'eau qui pénètre partout. Nous n'avons pas de crainte, nous sommes déjà morts, nous n'avons pas de crainte, tu nous lâches la main, le courant nous emporte, nous ne te reverrons plus, mère, plus jamais, le courant nous emporte, nous nous dissolvons dans le Gange, avec soulagement.

MÉDÉE KALI.
Je suis revenue.
L'eau coule encore à mes pieds.
Nous sommes face à face.
Tu as attendu cet instant des mois entiers.
Tu m'as suivie sur les routes, luttant contre la fatigue et le sommeil.
Tu as attendu.
Tu seras le premier à oser soutenir mon regard depuis si longtemps.
Je lève la tête.
Je pose les yeux sur toi.
Tu es le premier visage que je vois.

Tu es
La beauté.
Je chancelle.
Le premier.
Tu es le premier, Persée, à ne pas rester figé de terreur.
Tu es encore plus beau que Jason.
Je te lécherai la bouche…
Laisse-moi te regarder.
Mes yeux ont faim.
Nous sommes si près.
Tu es immobile.
Je vois les muscles de ton visage qui tressaillent.
Vivant.
Un homme vivant.
Pour la première fois.
Je suis sans arme devant toi.
Tu es bien plus fort que moi.
Me trouves-tu belle, Persée ?
Persée.
Je ne connais plus que ce nom-là.
Oui.
Je veux.
Dans ta bouche,
Sur tes lèvres,
A nouveau,
Une chienne,
Veillant sur son homme,
A nouveau,
Je veux,

Une fois,
Et mourir après cela.

Ce que j'aurais fait pour toi,
Pour être à un homme comme toi
Et pouvoir, la nuit, dans ta couche, caresser tes lèvres.
Je suis belle.
Je suis Médée Kali.
Je sais danser, et je le ferai pour toi.
Avec ces grelots à mes chevilles,
ces bracelets à mes poignets,
Avec mes longues nattes lourdes de bijoux,
Je vais faire crépiter le sol sous mes pas.
Laisse-toi envoûter, Persée,
Je veux danser pour toi.
Regarde,
Les arabesques de mes bras,
Mes déhanchements de serpent,
Regarde,
Tu seras le dernier homme à voir Médée danser.
J'agripperai le ciel et l'enroulerai autour de moi.
Je fendrai la terre,
N'obéissant qu'au rythme des tablas.
Je sourirai sans te quitter des yeux.
La nuit résonnera du cliquetis de mes bracelets.
Nous serons seuls.
Je ferai brûler l'herbe sous mes pieds.
Nous serons seuls.
Je te sentirai là, beau et attentif.
Je vais danser pour toi, Persée,

Et lorsque je m'arrêterai,
D'un coup,
Face à toi,
Ruisselante de sueur,
Souriante à la nuit,
Ne tremble pas.
Lorsque je m'arrêterai,
Il n'y aura que toi et moi,
Face à face,
Et tu me décapiteras.

SODOME, MA DOUCE

SODOME, MA DOUCE
a été créée en Irlande en 2010
au Project Arts Centre de Dublin,
dans une mise en scène de Lynne Parker
avec Olwen Fouéré ;
puis en France en 2011,
à Théâtre Ouvert,
dans une mise en scène de Stanislas Nordey,
avec Valérie Lang.

PERSONNAGE

Celle de Sodome

I

CELLE DE SODOME.
Vous passez sans me voir.
Le monde gronde et s'agite autour de moi.
Je reste,
Tête baissée,
Les yeux dans le ventre.
Il fait moite.
Les corps suent à ne rien faire.
Le sel me colle à la peau.
L'air est immobile.
Tout est épais et lourd.
Des hommes, parfois, me frôlent.
Ils ne s'arrêtent pas.
Depuis des siècles,
Les hommes qui me dépassent n'ont plus de regard.
Ils sont lents et fatigués.
Je sens la morsure du sel dans mes veines.
Je suis habituée à cela.
Je ne bouge pas.
Je reste là,
Immobile et têtue.

Le monde naît et vieillit sans cesse autour de moi,
Mais aujourd'hui quelque chose va advenir.
J'attends cet instant depuis si longtemps.
Que le ciel bruisse, change et se gonfle.
Quelque chose va advenir.
De grands fracas se préparent.
Une lumière de fin du monde fait scintiller le pavé des rues.
On dirait que la nuit a entrepris de manger le jour.
Regardez.
Des nuages noirs couvrent maintenant la moitié du ciel.
Il n'y a plus d'heure.
Tout se confond et se tord.
C'est bien.

Vous sentez ?
Là.
Vous avez senti ?
La première goutte est pour moi.
Elle me tombe sur les lèvres avec le poids d'une cerise.
Elle est lourde et tiède.
Une belle goutte de pluie d'orage
Que j'attends depuis des siècles,
Suivie par une autre et une autre encore,
Et bientôt des milliers qui font un bruit épais de cascade.
C'est de cela que j'avais besoin.
Tout va être sens dessus dessous.

Je suis bien.
Je souris.
Je laisse la pluie me grêler le visage.
Elle me glisse dans les cheveux.
Elle me coule le long du nez et baigne mes lèvres.
Elle m'inonde le dos et glisse le long de mes jambes.
De longues traînées blanches coulent à mes pieds.
Le sel me quitte.
C'est le signe que je vais vivre.
Que la pluie tombe et balaie la crasse des façades.
Qu'elle martèle les villes
Et lave les visages.
Le ciel craque enfin.

Vous souvenez-vous de Sodome ?
Je viens d'une ville qui n'est plus que ce nom que l'on prononce avec horreur.
Sodome,
Terre de mes souvenirs
Où le parfum lourd des lys sauvages emplissait les rues et donnait à l'eau de nos fontaines un goût sucré.
Sodome qui vivait avec joie et outrance.
Vous connaissez ce nom.
A sa simple évocation, de longues cohortes de corps voluptueux défilent en vos esprits.
Vous imaginez les orgies, les nuits sans fin, le vin coulant sur le torse des hommes.
Vous imaginez et vous avez raison.

A Sodome, tout cela était vrai,
Et bien plus encore.

Je suis là,
Parmi vous.
Je suis la dernière fille de Sodome.
Vous m'avez oubliée depuis longtemps.
Je souris.
Ecoutez,
Ecoutez, la pluie tombe
Et je reviens à la vie.

II

CELLE DE SODOME.
C'était un grand jour de fête.
Toute la ville était là.
Les rues grouillaient du vacarme de la foule.
Nous nous dirigions tous vers les jardins,
Là-bas,
Sur les murailles.
Les enfants nous couraient dans les jambes.
Le ciel était grand.
Les hirondelles dessinaient d'interminables volutes dans l'air chaud du soir.
C'était un grand jour de fête
Et nous avions recouvert les statues de fleurs.
Ce soir-là, nos dieux allaient s'accoupler dans une étreinte qui durerait toute la nuit.
Ce soir-là, les hommes et les femmes allaient se mêler pour disparaître dans un tourbillon de vin.
Ce soir-là, la fête allait envahir les jardins et les pays alentour.
Chaque rue était décorée de couleurs différentes.

Depuis des semaines, les sept quartiers de Sodome se préparaient, rivalisant d'imagination et de luxe pour habiller la moindre ruelle et la plus vétuste des fontaines.

Il n'y avait pas de façade qui ne croule sous le poids de fleurs et d'étendards.

Les hommes, partout, avaient préparé le vin et les liqueurs.

Les musiciens avaient répété leurs chants pour qu'ils soient doux aux cyprès de nos jardins.

C'était un grand jour de fête.

Nous nous pressions sur les murailles.

J'embrassai du regard la ville

Et les terres dorées de nos campagnes.

Les odeurs de viande braisée et d'épices couraient le long des murs.

Le vin faisait rire les hommes et chanceler les oiseaux.

Le soleil disparaissait avec lenteur.

Tout pouvait commencer.

Nous dansions dans la fraîcheur des jardins sur les terrasses suspendues.

Les fontaines accompagnaient d'un doux bruit rafraîchissant la véhémence de nos danses.

Nos corps s'emmêlaient.

La musique renversait nos têtes et dénudait nos poitrines.

Il faisait bon.

Les enfants couraient comme des torrents d'un groupe à l'autre.

Ils se mêlaient à la foule,

Se perdaient dans nos bras,
Et disparaissaient dans la cascade de nos cheveux démêlés.

Et puis d'un coup,
Soudain,
D'un coup,
Au milieu de la nuit,
Une voix retentit :
Regardez, regardez là-bas.
Les chants ont cessé.
Les oiseaux se sont tus.
L'eau des fontaines s'est immobilisée.
Regardez, regardez là-bas.
Nous nous sommes redressés,
Nous avons tourné la tête et tenté d'épier le fond de la nuit.
Au loin,
Oui,
Au loin,
Des lueurs orangées faisaient scintiller le ciel.
Un long murmure est né sur nos bouches et a couru dans la foule.
Un long murmure qui ne cessait de grossir.
Gomorrhe brûle.
Nos yeux,
Nos lèvres,
Nos visages étonnés étaient rivés sur l'horizon.
Gomorrhe brûle, il n'y a plus de fête.
Gomorrhe brûle et le vin devient vinaigre.

Gomorrhe brûle, le ciel tombe, les rires se changent en sanglots et la nuit devient laide.
A cet instant,
Un vent chaud s'est levé qui a fait voler nos mèches de cheveux.
Il a séché la sueur sur nos fronts
Et parfumé l'air d'une odeur écœurante de bûcher.
Nous étions là,
Je me souviens,
Une foule immense,
Silencieuse,
Sur les remparts,
Bouche bée.
Gomorrhe brûle
Et le souffle de l'incendie faisait plier nos âmes.

Le soir même, une femme est venue,
Arrivée de là-bas,
En haillons,
Le souffle court.
Nous lui avons ouvert la porte de la muraille,
Elle s'est avancée, minuscule au pied des fortifications,
Ecoutez…
Sa voix résonnait sur la place de la ville.
Nous avons voulu l'entourer, la nourrir, lui offrir de l'eau,
Ne me touchez pas.
Elle nous faisait signe de nous tenir à distance.
Brisez les coupes dans lesquelles je bois.

Nous lui avons demandé ce qu'il s'était passé à Gomorrhe,
Elle a gardé le silence.
Nous lui avons offert de la laver pour que son corps se débarrasse de la sécheresse et de l'usure.
Je le dis, je le répète doucement : éloignez-vous de moi,
Et puis elle a dit ce mot qui a fait frémir les feuilles de nos arbres millénaires :
Je suis peut-être contagieuse.
Nous nous sommes tus,
Le geste suspendu,
Le regard ouvert.
Aucun d'entre nous ne pouvait plus rien dire.
Alors elle a continué,
Préparez vos armes.
Ils ne se satisferont pas de notre chute.
Ils veulent plus, bien plus.
Ils mangeront tout ce qu'ils peuvent.
Nous avons réalisé que la guerre allait fondre sur nous.
C'était cela, désormais, qui nous attendait :
La mort laide qui fait puer les viscères.

III

CELLE DE SODOME.
Je ne voulais pas le croire.
Alors j'ai hurlé de toutes mes forces pour ordonner que l'on fortifie les portes,
Que l'on distribue les armes
Et colmate les murailles.
Il fallait faire réserve d'eau et de grain,
Travailler sans relâche,
Apprendre aux enfants à se battre
Et faire des libations aux dieux.
Compter les guerriers,
Aiguiser les lames
Et rationner les vivres.
Nous n'avions pas le temps de pleurer sur Gomorrhe.

La ville, très vite, s'est mise à résonner d'un vacarme fébrile.
Les cris,
Les ordres
Et la peur croissante se mêlaient au cliquetis des armes.
Puis Sodome fut prête

Et il ne resta plus qu'à attendre.
Nos guetteurs, sur les murailles, s'usaient les yeux sur la ligne d'horizon.
Nous avons attendu.
Les jours passaient avec la lenteur d'une lame de couteau sur la peau.
Nous avons attendu
Et dans ces jours suspendus, nous avons repris courage.
Nous étions prêts,
Nous savions nous battre,
Nous étions à l'abri des plus hautes murailles qu'aucune cité ait jamais construites :
Il faudrait des mois entiers pour venir à bout de nous.
Sodome ne pouvait pas tomber.

Et puis, la même voix, à nouveau, a résonné dans l'immobilité des jours :
Regardez,
Regardez là-bas.
Ils étaient apparus,
Venant de partout, couvrant les collines alentour :
Un peuple entier qui s'était mis en marche pour nous assiéger,
Un peuple entier venu des confins du monde pour nous détruire.
Nous fûmes presque soulagés de les voir apparaître.
Nous allions pouvoir nous battre.
Nous étions prêts pour l'assaut,
Mais ils ne chargèrent pas.
Ils s'arrêtèrent sous nos murailles.

Leurs cavaliers mirent pied à terre.
Tout devint silencieux et étrange.
Que voulaient-ils ?
Qu'attendaient-ils ?

Pendant cinq jours et cinq nuits, ils restèrent ainsi, immobiles,
Et personne ne comprenait ce qu'ils attendaient.
Le cinquième jour, au matin, un homme s'avança et demanda audience.
La rumeur naquit dans la ville qu'un ambassadeur venait et qu'il n'y aurait peut-être pas de combat…
S'ils ne chargeaient pas, c'est qu'ils voulaient négocier.
S'ils voulaient négocier, nous connaîtrions la paix à nouveau.
Sodome était riche
Et nous pouvions payer.
L'homme s'approcha,
Nous l'avons laissé entrer.
C'était un homme magnifique,
Au corps puissant et au sourire doux.
Dans la salle des cérémonies,
Il parla de paix, admira l'architecture de notre ville
Et loua la beauté de nos femmes.
Il accepta les plats que nous lui offrîmes.
Il écouta les conditions que nous posâmes.
Il avait les gestes courtois d'un homme avisé.
Aucune violence dans la voix.
Il avait l'air calme et apaisé.
Nous lui avons offert de rester parmi nous,

De dormir dans nos palais,
Il accepta.
Nous organisâmes pour lui une fête douce comme la rondeur d'un sein.
Il était beau.
Nous nous sommes offertes à lui.
Il caressa nos corps avec une calme curiosité.
Puis, saisi d'une fièvre subite,
Il se plongea dans des étreintes pressantes,
Enlaçant, indifféremment, les femmes et les hommes qui se présentaient à lui.
Il avait pris goût à la douceur de Sodome.
Il aimait notre vie, nos cérémonies, nos soirées de stupre
Et nous avons cru que la guerre s'éloignait.

Comment pouvions-nous savoir que l'ambassadeur était vérolé ?
Un homme nécrosé au sourire d'enfant
Qui répandit dans la ville la peste noire des amants.
Comment pouvions-nous savoir ?

Lorsque nous nous en sommes aperçus, il était trop tard.
Les premiers contaminés se tordaient de douleur.
La maladie courait,
Révélant sa laideur de tueuse.
L'ambassadeur, lui, souriait.
J'ai demandé qu'on me l'amène.
Je le voulais devant moi,

Face contre terre.
J'ai demandé qu'on me l'amène et qu'on le force à s'agenouiller pour qu'il tremble comme un chien.

Lâchez-moi.
Je me souviens de son regard arrogant
Tandis qu'il se débattait pour échapper à l'emprise des gardes.
Je lui ai demandé ce qu'il avait fait,
Il a parlé du mal, en riant :
Les femmes se serreront les cuisses en perdant tout leur sang.
J'ai frémi.
Elles gémiront comme des animaux et vous ne pourrez rien faire.
Il était heureux.
J'aurais voulu qu'il se taise mais plus rien ne pouvait l'arrêter.
Les hommes cracheront et l'air leur brûlera les poumons.
Je le voyais là, à mes pieds, et le dégoût m'envahit.
J'ai hurlé, pour qu'il ait honte, j'ai hurlé :
Est-ce ainsi que vous vous battez ?
Il ne s'est pas caché de sa lâcheté.
Il a dit simplement :
Vos murs étaient trop hauts, il nous aurait fallu des mois pour les faire crouler.

Le mal était en nous.
Il commençait déjà à se propager.
La ville allait tomber avec lenteur.

Nos guerriers allaient mourir, pliés en deux comme des chiens,
Sans avoir jamais pris part au combat.
Tout allait être rongé doucement.
Sodome tuée par un seul homme au visage clair et au corps bien fait.
De bouche en bouche, de corps en corps, la mort était pressée de tout manger.
C'est alors qu'il a parlé à nouveau,
Malgré la douleur qui s'emparait de lui et le faisait se tordre comme une anguille.
Je vous tuais tandis que je vous saluais.
On aurait dit un enfant méchant qui jubilait au souvenir de son crime.
J'étais beau, affable et vous n'avez pas vu que le combat commençait.
Les veines noires commençaient déjà à zébrer son corps.
Je vous tuais lorsque je trempais mes doigts dans les verres pour y laver les fruits que vous me tendiez.
Je vous tuais même sans rien faire, il me suffisait de respirer à vos côtés.
Je l'écoutais
Et je me souvenais, moi aussi, de la nuit que nous avions passée à ses côtés.
Nous nous étions offertes à ses caresses,
Nous avions ouvert nos corps pour son plaisir.
Vous m'avez trouvé beau.
Oui, nous l'avions trouvé beau.
C'était comme si vous croquiez dans la mort à pleines dents.

A cet instant, je n'y tins plus.
Je lui écrasai la figure du pied pour qu'il se taise.
Je le maudis,
Lui souhaitant de se tordre longtemps de douleur avant de mourir.
Il a parlé de son dieu qui le protégerait et le récompenserait.
J'ai prié pour qu'il Le contamine à son tour comme il nous contaminait
Et qu'ils gémissent tous deux,
Lui et son dieu,
Qu'ils gémissent, oui, et convulsent,
Dans l'éternité.

IV

CELLE DE SODOME.
L'ambassadeur vérolé n'avait pas menti :
La maladie a pris de tous côtés,
Dévorant les hommes avec appétit.
Elle commença par les bas quartiers,
Décimant le peuple qui vivait dans les rues borgnes.
Puis, elle se propagea,
D'étreinte en étreinte.
Elle se transmettait dans l'air,
Dans l'eau,
Par attouchement.
Il n'y avait pas moyen d'éviter l'embrasement.
Elle était partout.
Les hommes se réveillaient au matin avec un bubon sur les jambes ou sur l'avant-bras
Et ils savaient que c'était fini.
Il ne leur restait que quelques heures à vivre, quelques jours peut-être.
Le temps que les bubons se multiplient,
Que la chair noircisse,
Que la peau entière soit rongée

Et que le corps se mette à saigner par tous les orifices.
Les visages étaient défigurés,
Les mains gonflaient,
Le sang pourrissait dans les veines.
Il n'y avait pas de remède.
Nous perdions, un à un, nos amis, nos frères, nos amants.
Nous perdions nos pères, nos voisins.
Tout était sens dessus dessous.
Les enfants périssaient avant leurs aînés.
La beauté devenait laide.
Il faisait noir en plein jour.
Les femmes accouchaient de caillots de sang.
Nous mourions par charrettes entières.
Il n'y avait pas de remède.

J'allais d'un point à un autre de la ville.
Je regardais l'épidémie progresser.
Mon frère, mon père, mon époux, je vous ai enterrés les uns après les autres.
Mon frère, mon père, mon époux, vous m'avez laissée seule.
J'allais d'un point à un autre de la ville
Sans comprendre pourquoi la maladie ne voulait pas de moi.

Ils auraient pu nous laisser mourir ainsi, un à un,
Attendre que la maladie terrasse le dernier d'entre nous
Mais ils étaient pressés

– A moins qu'ils n'aient pas voulu se priver du plaisir de nous tuer eux-mêmes.
Un matin blafard, aux aurores,
Ils ont sonné l'assaut et le grand corps casqué s'est mis en mouvement.
Le plus terrifiant, ce n'étaient pas les armes brandies ou le nombre des assaillants,
Le plus terrifiant, c'était la lenteur.
Ils ne chargèrent pas,
Non,
Ils avancèrent, lentement.
Ils n'avaient aucune hâte.
Ils marchèrent sur Sodome
Avec lenteur et obstination.
Ils marchèrent sur Sodome
Sachant qu'elle ne résisterait pas.

Pour ne pas risquer de nous toucher,
Ils s'étaient munis de longues lances qui les rendaient inatteignables.
Il n'y a pas eu de corps à corps.
Ils nous transperçaient à plusieurs mètres de distance
Et c'était comme de nous tuer du bout des doigts,
Avec dégoût.
Ils étaient couverts de plaques, d'armures et de cuir.
Nous ne distinguions aucun visage.
Ils ont traqué patiemment les rescapés
Comme on fait une battue dans les bois.
Ils ont quadrillé les quartiers,
Fouillé les maisons,

Achevé les agonisants.
La ville était pleine de râles.
Ils chantaient en écrasant nos palais,
En enfonçant nos murailles
Et en mettant le feu à nos temples.
Partout ce n'était que massacre carnassier et chair ouverte.

Je sais maintenant ce qu'ils venaient détruire.
Je les ai vus pénétrer dans nos rues,
Flairant l'air comme des chiens qui cherchent la chienne.
C'est nous qu'ils cherchaient.
Nous, les femmes.
C'est nous qui étions une offense à leur dieu.
Nos bijoux,
Nos cheveux longs,
Nos sourires de séduction,
C'est nous qu'ils voulaient détruire.
Vivantes,
Nous leur brûlions le visage.
Vivantes,
Nous blasphémions leur dieu.
Ils ont tout saccagé
Pour qu'il ne reste rien.
Ils ont tout décimé
Et lorsque le dernier d'entre nous est tombé,
Un vent chaud a enveloppé la ville
Et les murs, doucement, se sont mis à pleurer.

V

CELLE DE SODOME.
Je suis restée cachée,
Des heures entières,
Des jours peut-être,
Essayant de ne pas faire de bruit.
Je ne respirais qu'imperceptiblement.
Je bougeais à peine.
J'attendais.
Lorsque le silence m'a semblé suffisamment sûr, je suis sortie.
J'ai retrouvé la lumière.
J'étais seule.
Il ne restait plus qu'une ville immense,
Silencieuse et vide.
Les places que je connaissais,
Les escaliers sur lesquels je m'étais assise,
Les jardins dans lesquels j'avais fait l'amour,
Tout était là, encore, mais sale et détruit.
Plus personne.
Pas un bruit d'hommes vivants.
Pas un son de voix.

Je parcourais la grande ville de ma naissance.
Il n'y avait plus, pour m'entourer, que le silence des pierres et le craquement du feu, par endroits.
Je me suis dit que j'avais peut-être eu tort de me cacher.
Il ne me servait à rien de survivre à cela.
Il aurait mieux valu courir après eux, les rattraper et leur demander de me tuer.
Le sacrifice,
Oui,
J'y ai pensé
Mais les façades de nos palais ont posé leur regard sur moi.
Les cyprès m'ont contemplée,
Les ruelles des bas quartiers et les terrasses sur lesquelles nous avions dansé aussi,
Et Sodome m'a craché dessus d'avoir pareille pensée.
Si les tueurs m'avaient oubliée, je ne devais pas finir leur ouvrage.
J'étais la rescapée de nos nuits de rires et d'alcool.
J'étais la rescapée de nos vies heureuses,
Je devais tenir.
Dans la ville vide de ma naissance,
Je me suis promis de tenir.

J'ai marché dans les rues.
Je ne pensais à rien.
Je ne voulais rien.
Et d'un coup,
Il a surgi.
Nous étions face à face,

A quelques pas l'un de l'autre.
Le dernier ennemi, armé, casqué, rôdant encore dans les décombres.
Nos regards se sont croisés.
J'ai eu le temps de penser que c'était lui qui m'achèverait.
Cette idée me plaisait.
Je n'allais pas durer dans la solitude mais rejoindre les miens.
Je me suis avancée.
Je n'avais pas peur.
Mais il ne bougea pas.
Il me dit de ne pas approcher, de reculer même.
Il avait peur que je ne sois contaminée.
Je voulais qu'il en finisse avec moi.
Il a pris son temps.
Il m'a scrutée de la tête aux pieds.
Il voulait voir si j'étais malade.
Lorsqu'il fut rassuré, son regard changea.
Je voyais dans ses yeux qu'il voulait maintenant voir comment étaient faites les chiennes de Sodome.
Je l'ai supplié de me tuer.
Il a hésité.
Je lui ai dit qu'il serait félicité pour cela,
Qu'il tenait sa célébrité à portée de main.
Il a répondu que ce n'était pas ce que leur dieu voulait.
Il voulait que la dernière d'entre nous soit enterrée vivante,
Dans le sel.

Le sel pour ronger les os
Et détruire jusqu'au souvenir de ce que nous avions été.
Le sel pour mordre la terre et manger les bâtiments.
Le sel pour que plus rien jamais ne repousse.
Il ne devait même plus rester la silhouette bancale d'un vieux palais pour dire que nous avions existé.
Même les arbres qui nous avaient vus naître devaient disparaître.
Il ne resterait qu'un désert.
Le sel pour attaquer jusqu'aux tombeaux de nos morts
Et qu'il n'y ait aucun repos, jamais, pour ceux de notre lignée.

Je me souviens encore de sa main agrippant mon bras,
La tenaille puissante de sa main.
J'ai su que la torture s'abattait sur moi
Et que rien ne me serait épargné.
Il m'a emmenée avec lui.
Pendant plusieurs jours, je suis restée dans une cave,
Sans boire ni manger.
J'entendais les rumeurs au-dessus de moi.
Ils s'agitaient et travaillaient sans relâche.
J'entendais, jour et nuit, sans cesse, le bruit d'hommes qui allaient et venaient.
Ils ont d'abord pillé consciencieusement la ville,
Dérobant l'or, le marbre, et les tissus,
Emportant les statues,
Pillant les maisons.
Puis, lorsqu'elle a été véritablement vide,

Ils ont amené le sel.
Des montagnes entières,
Portées par des milliers de charrettes.
Et, patiemment, ils se sont mis à l'œuvre.

Lorsqu'ils ont ouvert la porte de ma cave,
La lumière m'a brûlé les rétines.
Ils m'ont soulevée de terre parce que j'étais trop faible pour marcher seule,
Et m'ont traînée dehors.
C'est là que j'ai vu le spectacle inouï de ma ville devenue blanche.
Il n'y avait plus une maison,
Plus une place,
Plus un palais qui ne soit recouvert de sel.
Le soleil se réverbérait avec une cruauté insoutenable.
Ils m'ont traînée jusqu'à la grande place
Et m'ont jetée dans un trou qu'ils avaient creusé.
J'ai dit adieu aux miens.
J'ai supplié nos dieux anciens de me foudroyer
Pour échapper à ce qui se préparait,
Mais il ne se passa rien.
Nos dieux étaient sûrement brisés, comme les statues de nos palais
Et personne ne pouvait plus m'entendre.

Ils ont rebouché le trou,
Lentement,
Pelletée après pelletée.
Le sel me tombait dessus,

Je le sentais sur le visage,
Sur les pieds,
Dans les cheveux.
Cette morsure,
Lente et insidieuse,
Etait pire que tous les supplices.
J'ai hurlé, d'abord,
Mais je me suis vite épuisée.
Alors il a bien fallu se taire.
Le trou se remplissait :
Bouche,
Nez,
Front et cheveux,
Le sel s'amassait
Et bientôt je fus engloutie.

Tout s'arrêta.

Les bruits autour de moi n'existaient plus.
Les coups de sang dans mes veines s'étaient tus.
Le silence,
Epais et sourd.

Plus rien d'autre.

Plus rien.

VI

CELLE DE SODOME.
J'ai pensé que c'en était fini,
Que j'allais agoniser lentement.
Deux jours, peut-être trois
Et mourir enfin.
Je me trompais.
J'étais condamnée à bien pire.
Je suis revenue à moi.
La morsure du sel,
Je crois,
M'a tirée de ce sommeil épais.
Je ne peux pas décrire cette souffrance.
Je me sentais rongée de partout,
Petitement,
Minusculement
Mais sans répit,
Jamais.
Le sel attaquait mes yeux, ma bouche.
Il mordait mes chairs, mes os.
Je ne pouvais ni bouger,
Ni hurler,

Ni même décider de mourir.
Je ne pouvais qu'attendre dans la souffrance,
Attendre qu'il n'y ait plus une parcelle de chair à ronger,
Attendre que mon corps soit si sec que plus rien ne puisse lui faire mal.
J'ai attendu.
Des heures, des journées, des mois ont passé.
Le temps était aboli.
Je ne distinguais plus rien.
Un temps infini s'écoula.
Je n'éprouvais plus de douleur,
Plus aucun sentiment.
Je n'étais traversée d'aucune pensée,
D'aucune crainte ni d'aucun espoir.
La conscience lointaine,
Simplement,
Que je durais.
J'étais devenue une statue,
Un corps pétrifié.
Le sel, après m'avoir consumée,
Me protégeait.
Il me conservait intacte,
Et le temps lui-même n'avait plus de prise sur moi.

Ma ville a disparu complètement,
Engloutie par les dunes de sable, de poussière et de terre qui s'accumulaient année après année.
Les bourreaux se sont mis à vieillir, puis à mourir,
Laissant leurs fils veiller sur l'empire.

Les fils, à leur tour, se sont courbés, et leurs enfants aussi.
Moi, je durais.
Je n'étais plus rien qu'un résidu salé de vie
Mais je durais.

J'ai pensé longtemps à ma vengeance.
J'imaginais le jour où il me serait donné de respirer à nouveau.
Je voulais porter des coups plus violents encore que ceux que j'avais reçus.
Revenir et renverser le monde.
Je savais que mes bourreaux ne seraient pas là,
Que ceux que je retrouverais ne seraient que les lointains descendants de ceux qui m'avaient massacrée,
Des hommes pour qui ces histoires, probablement, ne représentaient plus rien.
Je savais
Mais je m'en moquais.
Je voulais brûler les visages
Et châtier la joie.
Tuer les enfants
Et laisser pleurer les vieillards.
J'ai rêvé souvent à ces moments de sang et de pourrissement.
Je me croyais prête à déchirer le monde.

Mais la pluie est tombée,
Une pluie lourde d'été qui m'a libérée du sel.
J'ai senti à nouveau le plaisir de bouger mes membres.

L'air, à nouveau, a rempli mes poumons.
A l'instant de revenir à la vie,
J'ai tout de suite su qu'il n'y aurait plus de sang.
Je ne veux plus de cela.
Je suis une femme sur laquelle tombe la pluie,
Rien de plus.
J'ai perdu tant des miens que la nausée s'empare de moi à la simple évocation d'un combat.
Je ne me battrai pas.
Qui ferai-je payer ?
Je n'ai plus de bourreaux.
Il n'y a plus que vous,
Qui m'avez oubliée.
Je vais vivre.
Je sors dans vos villes et je veux laisser derrière moi l'odeur de Sodome que vous ne connaissez pas.
Elle vous intriguera d'abord, puis vous inquiétera.
C'est bien.
Il n'y a pas d'autre fureur en moi que celle de reprendre ma vie là où vous l'aviez arrêtée.
Je ne me battrai pas,
J'ai trouvé mieux.
Je veux une vengeance qui se fasse avec volupté.
Vous m'avez oubliée.
Je me rappelle à vous.
Je vais revenir et vous hanter.
Les aïeux de vos aïeux vous ont parlé de nous comme des chiennes dépravées,
Vous vous êtes tenus éloignés de notre souvenir avec crainte.

Je vais balayer tout cela.
Vous n'avez jamais rien vu de comparable à moi.
Je viens de trop loin.
Je suis le monde tel qu'il aurait pu être si Sodome et Gomorrhe avaient tenu.
Je suis le visage que l'on vous a tu.
Je vous apprendrai ce que je sais
Et vous serez saisis tour à tour d'effroi et de volupté.
La contagion, vous vous souvenez ?
C'est cette arme-là que je vais utiliser.

VII

CELLE DE SODOME.
Je suis la fille de Sodome.
Je ne dissimule rien.
Vous goûterez à la saveur de ma peau
Et ne pourrez plus l'oublier.
D'un homme à l'autre,
Je vais arpenter vos villes
Jusqu'à ce que tout devienne fou.
Je veux que vous le disiez,
Le nom sacré de ma ville.
Je veux qu'il emplisse vos esprits
Et vos bouches
Avec volupté.
Sodome.
Sodome, ma douce.
J'ai le monde à mes pieds.
Je vais me fendre un passage dans la foule.
Tous les yeux se tourneront vers moi.
Je suis la fille de Sodome.
Je m'offrirai à qui voudra de moi.
Je suis née pour séduire.

Les yeux faits,
Les cheveux lâchés,
Je peux tout renverser,
Doucement,
Calmement
Sans pitié.
Le désir va se répandre,
Courant le long des murs,
Grouillant sur les marchés,
Un désir auquel vous n'êtes pas habitués.
Vous allez prier vos dieux avec de moins en moins d'intensité.
Je vais réveiller en vous la chair et la sueur.
Doucement,
Un par un,
Vous viendrez à moi.
Vous y prendrez goût.
Vous ne penserez plus qu'à cela.

Je suis la dernière fille de Sodome.
Je suis là,
Regardez.
Je suis belle.
Je vous tente ?
Je toucherai vos mains,
Je rendrai ma voix chaude et pénétrante.
Vous sentirez, dans mes cheveux,
Le parfum des nuits d'ivresse de cette ville que vous avez rasée.
Vous entendrez, dans le grain de ma voix,

Le brouhaha des banquets d'autrefois.
Je ne ferai rien ou à peine
Mais vous succomberez.
Je me transmettrai par le souffle,
Par la main,
Par les yeux.
La fièvre grandira dans vos villes.
Je mettrai tout sens dessus dessous.
Je suis la dernière fille de Sodome.
Je m'approche de vous.
Il a fallu du temps,
Mais je vous ai à mes pieds.
Je suis belle.
Qui veut de moi ?
Qui veut de moi ?

DU MÊME AUTEUR

ROMANS

CRIS, Actes Sud, 2001 ; Babel nº 613 ; “Les Inépuisables”, 2014.

LA MORT DU ROI TSONGOR (prix Goncourt des lycéens, prix des Libraires), Actes Sud, 2002 ; Babel nº 667.

LE SOLEIL DES SCORTA (prix Goncourt), Actes Sud, 2004 ; Babel nº 734.

ELDORADO, Actes Sud, 2006 ; Babel nº 842.

LA PORTE DES ENFERS, Actes Sud, 2008 ; Babel nº 1015.

OURAGAN, Actes Sud, 2010 ; Babel nº 1124.

POUR SEUL CORTÈGE, Actes Sud, 2012 ; Babel nº 1260.

DANSER LES OMBRES, Actes Sud, 2015 ; Babel nº 1401.

ÉCOUTEZ NOS DÉFAITES, Actes Sud, 2016 ; Babel nº 1560.

SALINA. LES TROIS EXILS, Actes Sud, 2018.

THÉÂTRE

ONYSOS LE FURIEUX, Théâtre ouvert, 1997 ; Actes Sud-Papiers, 2000 ; Babel nº 1287.

PLUIE DE CENDRES, Théâtre ouvert, 1998 ; Actes Sud-Papiers, 2001.

COMBATS DE POSSÉDÉS, Actes Sud-Papiers, 1999.

CENDRES SUR LES MAINS, Actes Sud-Papiers, 2002 ; Babel nº 1547.

LE TIGRE BLEU DE L'EUPHRATE, Actes Sud-Papiers, 2002 ; Babel nº 1287.

SALINA, Actes Sud-Papiers, 2003.

MÉDÉE KALI, Actes Sud-Papiers, 2003 ; Babel nº 1621.

LES SACRIFIÉES, Actes Sud-Papiers, 2004.

SOFIA DOULEUR, Actes Sud-Papiers, 2008 ; Babel nº 1547.

SODOME, MA DOUCE, Actes Sud-Papiers, 2009 ; Babel nº 1621.

MILLE ORPHELINS suivi de *LES ENFANTS FLEUVE*, Actes Sud-Papiers, 2011.

CAILLASSES, Actes Sud-Papiers, 2012.

DARAL SHAGA suivi de *MAUDITS LES INNOCENTS*, Actes Sud-Papiers, 2014.

DANSE, MOROB, Actes Sud-Papiers, 2016.

ET LES COLOSSES TOMBERONT, Actes Sud-Papiers, 2018.

NOUVELLES

DANS LA NUIT MOZAMBIQUE, Actes Sud, 2007 ; Babel n° 902.

LES OLIVIERS DU NÉGUS, Actes Sud, 2011 ; Babel n° 1154.

POÉSIE

DE SANG ET DE LUMIÈRE, Actes Sud, 2017.

NOUS, L'EUROPE, Actes Sud, 2019.

LITTÉRATURE JEUNESSE (ALBUM)

LA TRIBU DE MALGOUMI, Actes Sud Junior, 2008.

BEAU LIVRE

JE SUIS LE CHIEN PITIÉ (photographies d'Oan Kim), Actes Sud, 2009.

Achevé d'imprimer en mai 2020 par Normandie Roto Impression s.a.s. 61250 Lonrai, sur papier fabriqué à partir de bois provenant de forêts gérées durablement pour le compte d'Actes Sud, Le Méjan, Place Nina-Berberova, 13200 Arles.
Dépôt légal 1re édition : mai 2019
N° impr. : 2001787
(Imprimé en France)